나에게 지금

나에게 지금

발행일   2023년 11월 9일

지은이   최남철
펴낸이   손형국
펴낸곳   (주)북랩
편집인   선일영   **편집**   윤용민, 배진용, 김부경, 김다빈
디자인   이현수, 김민하, 임진형, 안유경   **제작**   박기성, 구성우, 이창영, 배상진
마케팅   김회란, 박진관
출판등록 2004. 12. 1(제2012-000051호)
주소   서울특별시 금천구 가산디지털 1로 168, 우림라이온스밸리 B동 B113~114호, C동 B101호
홈페이지 www.book.co.kr
전화번호 (02)2026-5777   **팩스**   (02)3159-9637

ISBN   979-11-93499-40-5 03810 (종이책)   979-11-93499-41-2 05810 (전자책)

(주)북랩 성공출판의 파트너

북랩 홈페이지와 패밀리 사이트에서 다양한 출판 솔루션을 만나 보세요!

홈페이지 book.co.kr • **블로그** blog.naver.com/essaybook • **출판문의** book@book.co.kr

작가 연락처 문의 ▸ ask.book.co.kr

작가 연락처는 개인정보이므로 북랩에서 알려드릴 수 없습니다.

나에게 지금

스스로의 나를 찾아, 참 나란

최남철 시집

나는 누구인가?
'언제나'로 시작되는 마무리 못한 일기장을 붙들고
엉킨 필름처럼 뒤섞인 기억의 잔해를 들추며
오늘도 걷고 있다

북랩

아내와 가족들에게 감사드리고

여기까지 큰 힘이 되어 주신 손철형 님께

진심 어린 감사를 드립니다.

머리말

가을이다.
노랗고 빨간 단풍으로 물든 나뭇잎이 오늘따라 구성지고.
가을철 쑥 잎의 푸름이 유난히 더 푸성지다.

중년이다.
일상이 안개 속을 헤매는 듯한 착각을 하곤 했다.

직장을 퇴직한 직후다.
그간 추상으로만 보이던 현실이 불현듯 내 앞에 벌거숭이인 채로 누워 있었다. 적나라하게 드러난 삶의 인식 속에서 마음의 출처를 찾기 힘들었다.

무언가를 해야 했다. 그림도 그려 보았다. 사진도 찍어 보았다. 마지막으로 시도 지었다. 시작(時作)에 몰입하다

보니 세월의 흐름조차 잊었다. 시는 나의 내면 안에서 응어리를 녹이는 역할을 했다.

닮아 가는 단풍의 고움처럼, 가을의 문턱에서도 짙어만 가는 쑥 잎의 향기처럼 우리들의 색깔도 완숙으로 빛 되어 살아나면 하는 바람으로 몰입했다.

'이것이 진정한 삶이다'라는 향기가 스며들기 시작했다.
이제는 지난 시절에 연연하기보다 잔여로 남은 삶에 초점을 맞춰야 했다. 무엇이든 해야 한다는 일념이 불을 지폈다. 손뼉은 기뻐서 치는 것이 아니라 그 행위로서 즐거워진다고 했다. 어찌 보면 지난 세월이 수동적인 삶이었다면 앞으로의 삶은 능동적 삶이어야만 한다는 절실함이 있었다.

앞으로 남은 세월을 유추해 보았다. 마음을 고쳐먹으니 잔여 생에 대한 부담은 실천 여하에 따라 절정기를 만들 좋은 계기로 전환할 수 있다는 믿음으로 변했다.

삶에 대한 의미를 되짚어 본다.
삶의 종착지인 죽음이란 무엇이며 그리고 삶이란 무엇

나에게 지금

인가? 그렇다면 역설적으로 죽음이 없는 삶은 행복할까?

　시를 짓는 동안 줄곧 삶에 대한 의미를 생각하곤 했다.
　끊임없이 묻고 또 물었다.
　들릴 듯 말 듯 잡히지 않는 그 무엇을 향해 소리쳐 불러
도 보았다.

　언제부터인가
　아는 만큼 보인다는 말이 마음속에 맴돌았다.
　눈 한번 감았다 떠 보니 사방팔방 스승이다.

　그동안 일과 병행하며 문학단체 시(詩) 부문에 출품해
2016년 9월 등단하게 되었다. 막상 등단을 하니 '시(詩)'는
무엇인가? 하는 스스로의 질문에 봉착하게 된다. 안 되겠
다 싶어서 국문학과에 입학했다. 내 나이를 생각하며 한
편으로는 두려웠으나 평생교육의 일환으로 임하는 동료
들의 학구적 열의에 더불어 시간 가는 줄 몰랐다. 주도적
으로 결정한 시도이기에 더더욱 그랬다.

　나 스스로는 시집 출간에 부정적 견해가 지배적이었다.
왜냐면 요즘 문학 서적에 대한 관심사가 시들한 것이 그

이유다. 그럼에도 쓰다 보니 여기까지 왔다. 그러나 한번 도전은 해 보고 싶었다. 알고 보면 시란, 화자의 가슴으로 전해져 청자의 마음을 여는 노래로 확장되는 측면이 있다. 그러나 대부분 현대인들은 시를 꺼려 한다. 난해하다고 느끼기 때문이다. 그럼에도 불구하고 사실은 뻔한 시보다는 자꾸 의문이 가게 하는 시가 좋은 시라고들 한다. 열 사람이 보면 열사람 다 제각각 다른 결론이 도출됨으로서 뻔하지 않은 창의성이 살아난다는 것이 이유다.

하지만 창작에 대한 의도는 청자의 보편적 시선에 맞추려고 힘썼다. 그런 반면 나의 경우 체험을 기조로 한 체험적 성향이 다분한 관계로 어떤 이는 고개를 끄덕이는 사람이 있나 하면 어떤 이는 고개를 좌우로 내젓는 다양한 표현이 있을 수 있다.

쓰다 보면 화자의 성향에 따른 시의 흐름이 일관적일 수 있어 그에 대한 방편의 일환으로 산문 형식의 글을 병행해서 올렸다.

출간을 하면서 새삼스러운 것은 처음 도입 부분과 맨 끝 부분에 이르기까지 시의 장르가 절로 형성되었다는 점이다.

시의 특성상 확연성이 떨어지는 면이 있긴 하지만 '제1부 혼돈기, 제2부 정체기, 제3부 정착기, 제4부 성숙기'로 분류해 놓았다. 특별히 의미를 두지 않더라도 읽는 도중에 대입시켜 읽는 방법 또한 시 읽기에 도움을 줄 것이라 믿는다.

익히 아는 바와 같이 특히 시는 화자를 떠나는 순간 청자의 몫으로 치환된다.
부디 읽는 이의 마음을 두드리는 응원의 종소리로 거듭나기를 응원한다.

차례

본문의 맞춤법이나 띄어쓰기, 방언 등의
글의 형식은 시적 허용에 따라 시인의
의도가 반영됨.

제1부

혼돈기

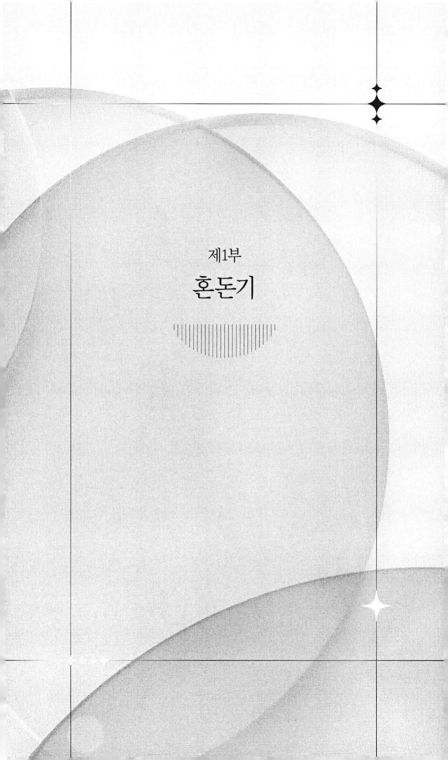

가로등

태양이
자리를 비운 사이
박쥐의 날개 죽지 같은 쿵쿰한 어둠이 내리면
개똥벌레를 흠모한 너는 한 줄기 희망을 뿌리며 온다.

지상이란 길 위에
눈이 되고
이정표가 된다.

바람이 나무라고 눈비로 구박해도
아랑곳하지 않는 네 모습

달처럼 큰 눈을
깜빡거림 없이 일그러짐도 없이
변함이 없다.

나에게 지금

불나방 잡벌레들 까닭 모를 난동 받아 주는
호수 같은 너

다시 여명이 트면
긴 목 늘이고
오가는 길손 안녕을 빌어 주는
키다리 신사

승화(昇華)

묶었던
포대를풀었어요뿔이난감자가찌글찌글세월을독식했어
요삼라만상을지워낸자루속얼음장같은낙심이풀죽은꽃
잎같아요어둠에쪼그려앉은옹색함이절박함에두눈을부
릅뜰때순간은싹이되고마침내싹을피워낸잉여는주름의
모가지에방울을달아놓았네요보지않아도난알아요희망
이소망이염원이눈덩이처럼크고있다는사실을요방울소
리가나의쫑긋한귓전에선명하게들리거든요아!지금!막
방울소리가들려요감자모가지며얼굴이며이마에난주름
살이갯물빠지는백사장처럼말끔히지워지고있대요.

성장에서 성숙으로 난 길

봄이 오고 간다.
여름도 왔다 간다.
가을이 오고 또 간다.
겨울이 온다.

봄 여름 가을 겨울
사계는 말한다.
성장에서 성숙에 이르는 길

경부(鏡夫)

무심히 거울을 들여다보다가
소스라치게 놀랍니다.
아버지의
덤덤한 듯 바라보는
진 모습을 보았거든요.

그러나
아버지의 트레이드마크인
눈웃음은 볼 수가 없습니다.

그러나
말씀이 적은 것은 알겠는데
오랜만에 만난 아들에게
너의 어머니는 어찌 사느냐
그래도 한마디는 하실 줄 알았는데
단 한마디 안 하시고
담담한 미소만 지으시네요.

나에게 지금

나는
그래도 아버지를 좋아합니다.
40년을 하루도
잊지 않고 생각합니다.

종(鐘)

불리고
채우는 이기 앞에 서면
너는
온몸으로 세상을 울어야 한다.

혹 모를 누군가가
헛 발짝을 띄는 그 순간에도
너는 그를 위함에 울어야 한다.
하지만
이루어야 한다는 '꼭'이란 말은 피해라.
염원을 담아 울리거라
거친 흑막이 걷힐 때까지
나는 너를 사랑으로 울리고
너는 절실함으로 세상을
울려야 한다.

먼 훗날 너와 나의 염원이
합창되어 온 누리에
훨훨 나는 날

서로 부둥켜안고
뜨거운 눈물로
배를 띄워
어기영차
회한을 노래 부르며
대신하자꾸나.

운동(하드 트레이닝)

등짐 지고
고갯길 오르는 아버지

흘러내린 땀방울방울에
투영되어 살아나는 병아리들

등짐은 태양이고
태양은 소망일세.

병아리 삐악 소리 굵어지면
아버지 가는 허리 덩달아 휜다.

나에게 지금

달걀프라이

나는 달걀
꾸왕 하고 머리를 부딪히는 순간 두 눈에 심하게 찌그
러진 별똥별이 나타났다 사라지고
화등잔 같은 눈으로 세상에 나요.

어둠에 미끌리듯 비틀비틀 별 다리길 은하수길 건너면
정열 속에 타오른 나는 졸지에
별나라의 수호신이 되지요.

소우주 박차고 떠오른 해님과 달님
포근히 감싼 사랑에 어룬 풍성한 아침 식탁

중년의 변성기

두 눈 부릅뜨고
살아 낸 시절이 청춘이라면
일그러진 눈으로
현실을 직시하는 혜안은

완숙으로 거듭난
중년의 변성기다.

눈을 크게 떠야
볼 수 있던 지난날은
미숙을 투지로 살려 낸 열정이고

좁아진 눈으로
먼 곳을 헤아릴 수 있는 지금은
벅찬 삶을 지혜로 헤엄쳐 갈
나의 앞날이다.

나에게 지금

밀물과 썰물

소리 없이 빈 갯가를 출렁이더니
어느새 기척도 없이 빠져나간 텅 빈 바닷가
든다는 예고 없이 난다는 소문 없이
누구 하나 이렇다 투덜댈 새도 없이
들고 나는
밀물
그리고
썰물

4월의 독백

나
겨울의 설국을 보며
냉매가 되는 줄 알았오.

그런데
사월이 오니
꽃은 기약 없이 피더이다.
죽은 줄 알았던 풀뿌리엔
생기가 돋아나더이다.

늘
잊고 살았오
켜켜묵은 필름처럼

여름엔 봄을 잊고
가을엔 여름을 잊으며
사계절을 살았다오.

정녕 봄은
마를 대로 말라 터진 들풀과 함께
영영 오지 않을 줄 알았지만
끊길 듯 이어지는 아스라한 낮과 밤의 규율처럼
아슬아슬 살아나는구료

이제 나
더 이상 조급하지 않으려 하오.

채근 없어도 오는 아침
손 까불지 않아도 꽃피는 4월의 봄처럼
목 늘이지 않으려 하오.

지난겨울을 보내며
눈물 흘리지 않음을 다행이다 뇌이며
다시 선 걸음 재촉하지 않으려 하오.

다시 눈물 보이지 않으려 하오.

어름 골 돌미나리

칠갑산 자락 따라
장곡사 목탁 소리
벗 삼아
졸졸
물소리 쫓아 흐르다
정착한 곳
세월 맞춰 피는 꽃길에
주단처럼 핀
푸릇한 이끼가
푸름의 희망을 수놓았네.

멈춤을 싫어하는 물결은
쉼 없이 흐르고

엉덩이 무거운 돌미나리

애꿎은

피어나지 않은

봄

채근(採根)하네.

이방인

방금 걸어온 길
건너편 빌딩 위에서 내려다본다.
낯 설 다.
나와 단절된 세상은 더 이상 내가 애지중지하던 곳이
아니다.
그 자리에 없다고 부재를 말하는 이 없고 애타게 부르
는 이 없다.
지나가는 행인도 그 누구도 나를 위해 눈길 하나 주지
않는다.
헛깨비 장난 같은 세상 나 없어도 전혀 삐걱댈 일 하나
없을 그런 세상에
나 살고? 있다?
나의 과정이 사라진 그래서 나의 이야기가 기화된 곳에
서 나 숨 쉬고 있다.
거실 한 귀퉁이 어항 속의 열대어처럼

핑퐁 게임

톡 — 틱
틱 — 톡
내가 톡 하고 넘기면
당신은 틱 하고 받아 주지
틱 - 톡 - 톡 - 틱
주고받는 엇박자 속에
멈추지 않는 핑퐁 게임
우리는 다름을 인정하는
영원한 동반자

버섯 발자국

안개비 습습한 외딴 숲속 길
총총걸음 바삐 간 버섯 발자국
새들도 곤히 잠든 텅 빈 숲속에
소꿉친구 버섯송이 시집간다나
어서 빨리 송이
얼굴 보고
싶은데
총총총
발걸음
더디게
간다.

첫눈(1)

가을이 사라졌다.

눈은 지우개처럼 현상을 백지화시켰다.

하지만

풍경은 오간 데 없어도

추억은 타다 남은 불씨로 남아 마음을 사른다.

첫눈은

강아지 꼬랭이 흔드는 거리만큼 설렌다.

널뛰는 설레임처럼

핑크빛 색채로 물들어 가는 강아지들의 몸짓

구름 낀 어제와

단풍으로 화려한 오늘을

깡그리 지워 낸 첫눈

겨울을 여는 문턱에서

시샘이란 표현으로 아양을 떠는

처음이란 풋내음이

나를 달뜨게 한다.

삶이란

나
살아 움직이고 있으니 삶이다.

나
느끼고 있으니
삶이다.

과거도 미래도 아닌
이 순간이 삶이다.

나
살아 숨 쉬는 동안
이 순간이 삶이다.

나에게 지금

김장 김치

너에게
눈길이 가는 순간
삽시간에 눈은 게눈이 되고
입가엔 주르르 괸 침을 토해 낸다
코도 질세라 영역을 넓히려 킁킁거린다.

이쯤 되면
이 눈치 저 눈치 이체면 저 체면 차릴 겨를 없다.
두 손으로 멱살 잡아 쭈욱 찢어 주렴주렴 정신없이 한
입 덥석 문다.
쏴 -하고 밀려오는 케묵은 감동

어느덧 김치를 비유로 대리 만족을 하고 있는 나를
객관적으로 바라본다.
힘이 수그러들어야 비로소 보이는 소소함
일등만 최고라는 '우월'에서
한발 너머서야 비로소 보이는 보편

어느 아침나절

참새들 수다에 흥건해진 공원 벤치에 앉았다.
스마트폰 페이스북 문을 연다.
주인공은 대선 주자로 나온 자칭 공작새
그곳엔 또 다른 새 떼들의 갑론을박이 살얼음처럼 뜨겁다.
그들의 날개로 가늠하고 그들의 부리로 재단한다.

재단의 기능적 행위는 예측을 벗어난 지 오래
떨어져 흩어진 가위 밥, 시위 벗어난 화살촉 같다.

영웅은 난세에 난다 했나
추종자들의 행렬이 북극의 펭귄 떼 같다.

참새 무리 속 까마귀 한 마리 스스로 왕이 된다.
뭐 있겠는가
목 느려 기다릴밖에
그만그만한 보편이
햇살로 떠오르는 날 오겠지

동행 *(1)*

구름과 비
빛과 그림자
밤하늘과 별
그리고
너와 나

동행(2)

때로는
아무도 없는 빈 길도
외롭지 않고
내일이 불투명한 길 위에서도
오늘이 마냥 행복하지

오늘 내가 혼자일 때도
그대가 항상 곁에 있을 수 있다는 믿음 하나로
기다림의 공허조차 나를 엄습하지 못하지

바라보며 꿈을 돋우고
마주 보며 서로의 촛불이 되고자 하지

그대가 있음으로 나 살아갈 이유가 되고
그대와 마주한 길이기에
더 유쾌한 길이게 된 것이
두고두고 마르지 않는 샘을 피어 내고 있지
같이 가는 길, 가치 있는 길
아름다운 길 동행의 길.

착각을 낳은 오류

그는
중년의 문턱을 넘으며
이따금 가상적 관념에 빠져
현생으로 오던 과정을 상상해 보곤 한다.

그가 천상에서 지내던 어느 날
그날그날이 지루하게만 느껴져 용역사무실을 찾았다.
행여 해 볼 만한 일자리 하나 없을까 하는 기대 심리가
작용한 것이다.
마침 그곳에서 "하루 세 끼만 해결하면 됨"이라는 피켓
을 든
어느 용역회사 책임자를 만났다.

그날을 생각해 보면 그는 지원자를 기다리다 기다리다
지쳐
깃발을 내리고 막 철수하려는 순간이 아니었나 싶다?
그는 허겁지겁 서두르는 낯선 자를 따라

엉겁결에 지구라는 샛별에 내려왔다.

나는 유아기를 잘 보내고,
청년 시절엔,
고용조건 재고할 여지 없이 무탈히 지내 왔다.

하지만 중년이 되어 보니
"하루 삼시 세 끼"란 의미가
여생의 큰 난제로 떠오른다.
나에게
아침, 점심, 저녁이란

홍수가 남기고 간 성긴
돌 다 리 처 럼 보 인   다.

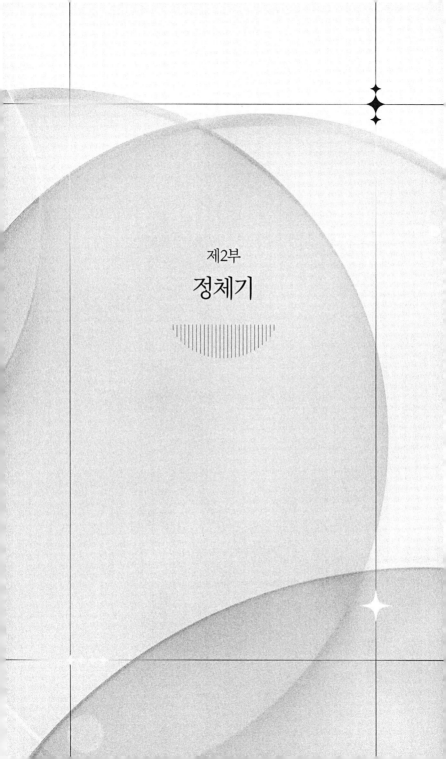

제2부

정체기

늙은 시인의 마음

너를 바라본다.
차라리 제멋에 겨운 채 내버려 둘 걸 그랬지
어제도 오늘도 허물없는 숲속처럼

바람 길에 바람 좀 맞으면 어때
빗길에 비 좀 맞으면 어때

찍 짹 쪼잭 얽히고설키는 참새들의 아우성처럼
피둥피둥 살아 있는 들판이면 좋을 텐데

나를 바라보고 있소?
지나고 보니
섣부름의 홀씨는 정열도 아니오. 그렇다고
세련도 아니오. 말쑥함은 더더욱 아니더이다.

어쩌다 세상에 서면
이도 저도 아닌 무색함에
어물쩍 서 있더이다.

덩그러니
온전한 혼자더이다.

차라리 실바람에도 나불대는 풀잎이었으면 좋으련만
무심한 듯 스치는 바람이 부러운
늙은 시인의 마음

나무는 군자 위에 군자다

비뚤면 비뚠 대로 곧으면 곧은 대로
최선을 다하는 나무
봄에는 꽃으로 미소를 가르치고
여름에는 잎으로 활력을 가르치며
가을이면 몸치장으로 스스로의 고귀함을 각성케 하고
겨울이면 잎을 떨궈
더 큰 삶을 위한
절제를 가르친다.

군자와 다르다면
군자는 좀 난 체를 한다는 것이고

나무는
있는 그대로를
보여 주는 데 있다.

나에게 지금

나목

홀홀 벗어 던지네.
찬란한 영화도 희로애락도
묻어 둬야지.
바람이 나부끼면 나부끼는 대로
눈비가 떨어지면 또 그런대로
이상도 이하도
종국엔
한 갈랜걸.
살포시 벗어던진 욕망 한 자락
빈 가지 부둥켜안고 있는
실(失)없는
매미 허물 같은 것.

만학

이글거리는 태양을 보고
이따금 복어의 복심을 부러워했지
하지만
밤 부엉이의 울음을 흉내 내기는 싫었다.

무엇이 되리라는 이상의 갈구도 아니다.
귀 막혀 어눌해지는 여행길 행보에
바람의 통로라도 열어 볼까 한 맘 냈다.

노래방 레퍼토리 앞세워
노을빛 바라기도 하루 이틀
어제를 옛날로 산 젊은이와 옛날얘기 하는 것도 구태

나에게 지금

세월아
갈 테면 가라지
너 한 발짝 달아나면
나 반 발짝 따르련다.

졸졸졸 흐르는 물 따라
재잘재잘 귓전을 울리는
세상사 발자국 소리에
귀 쫑긋 동참하련다.

사랑의 약속

사랑이 동반된 언약은
만남의 경중이 조건이 되지 못해 설레고
마주하는 순간순간을
설레임으로 최선을 다한다 해도

또다시
이별의 수순이 되면
맞닥뜨릴 아쉬움 다할 길에 마음 시리다

아쉬운 이별을 애석해할 만남이
다시 도돌이표가 밤하늘 별무리가 된다 해도
나는 다시 올 만남에 마음 설레며
내일을 그리워하리
손주를 그리며

나에게 지금

오조준(중년의 검증 시)

당신은 청년인가
그렇다면 또래를 대함에
두어 살 위로 보시게

당신은 중년인가
그렇다면 또래를 봄에
한두 살 아래로 보시게

자기 주도적 삶은 언제나
편향적 잣대로 그려지는 것이라서

사격장의 0점 잡는 사수가 되어야 하네.

색을 맛으로 표현하면

빨강, 노랑, 초록의 피망이
식탁에 올랐어요.
색을 맛으로 표현하면 어떤 맛이 날까요.

빨간색 맛과 노란색 맛 그리고
초록색 맛이 달라요.

방울토마토를 후식으로 먹어 볼까요.
토마토는 토마토대로 노란색 맛 주황색 맛
빨간색 맛이 다르네요.

피망은 피망다운 맛으로
토마토는 토마토만의 맛으로

자신들의 독특한 색깔의 맛으로 그려 내고 있네요.

왜 아니겠어요.
나무는 나무의 독특한 색깔로
새들은 새들대로 나름의 색깔에 따라
다양성을 보이잖아요.

궁금해졌어요.
너와 나는 과연
무슨 색깔 어떤 맛으로 표현될까요.

내 안엔

다양성이 존재하는 나만의 동산엔
색다른 얼굴과 색다른 모습과 색다른 소유주가
분양되어 살고 있다.

때로는
양 같은 모습의 소유주가 있는가 하면 난폭한 불량자의
소유주도 있다.
넓은 호수와 같은 혜량의 소유주가 있는가 하면
주위를 얼릴 냉철함의 한기를 품은 소유주도 있다.

나의 조그만 울타리 안엔 삼라만상이 내장되어
누가 먼저랄 것 없이 좌충우돌 격전을 벌인다.
이는 격의(隔意) 없음이요. 중구난방 질서가 무너진 형
국이다.

요즘 나는, 나를 나라고 할 수 없는 또 다른 내가 두렵다.
하지만 낙심이란 웅심에 빠져 빈 하늘만 바라볼 것인

가? 하는

고심에 빠졌다.

긴 세월을 두고 고심한 끝에 내린 결론은

애초 본래의 나를 찾기란

'밀가루를 만지며 원형의 밀알 한 톨을 복원하는 일보다

어리석은 일이다'라는 점에 방점을 찍었다.

왜냐하면 '나'란 자연 속의 일부라는 것을 얼핏 눈치챘
기 때문이다.

하지만 지금의 '나'란 부분 속의 일부분으로 인정한다는
전제하에,

원래란 틀을 깨고 지금의 나를 인정하면서

나를 만들어 가는 길을 가리라 다짐해 본다.

이러한 방법은 '지금' 이 순간부터 나를 놓지 않아야 한다.

네가 너를 이끌어라

담담한 마음을 가져라

무엇을 하기 전에 명분을 세워라

선뜻선뜻 끼어드는 이방인 앞에 잔잔한

물결처럼 대하라

존재에 대한 경의로, 살아 있음에 감사의 마음을 품어라

'존재'란 최고의 활력이 전제됨을 잊지 마라

궁극의 가치는

'지금'임을 잊지 마라

108배

번데기 나비 되던 날
애벌레 매미 되던 날

나는 한 덩이 밀가루 반죽이 된다.

한 번 치대면
또르르 말렸다가
말렸다 싶으면 도로로 살아나고

한 배 두 배 거듭 모아
미열이 고열 될 때
나는 쫄깃한

108고지
정상에 난다.

시간이란 열차 여행

인간은
태어나는 순간
시간의 굴레를 장착한 열차로 여행길에 듭니다.

열차의 탑승 여부는 살아 있는 모든 이에게 적용되지만.
여행을 운용하는 과정은 각자의 선택 여하에 따라 다르
지요.

나름 소기(所期)의 이정표를 설정하고 목표를 향해 정진
하는 찐 객도 있고
어영부영 세월만 가라며 흥뚱항뚱 하는 베짱이 답습형
도 있지요.

그러나 삶에 있어 결실은 언제나
의지나 객관적 잣대로만 성형되진 않는다지요.

여행길엔 행선지가 서로 다른 길을 약속한 단짝도

천륜을 타고난, 부모나 형제도 대다수 각자의 순환로를
걷게 됩니다.

시간의 열차는 누구나 탑승이 가능하지만
단 하차를 원할시 두 가지 예외를 둡니다.

하나는 삶의 잡다한 이유로 포기할 때이고 다른 하나는
그 명이 다할 경우이지요.
충족도는 타인의 잣대로 이러쿵저러쿵 엇박자를 따르지만
그것은 각자의 주관일 뿐 아직 공인된 측정 방식이 부
재한 관계로
신의 영역으로 밀어 두고 있어요.

여러분은 어떤 여행길에 드셨나요.
부디 마지막 길에 '여행 한번 잘했다'라는
만족이
미소로 번지는 행운 길 되길 바랍니다.

문조물(問造物)

내가
조물주에게 물었다.
조물주라면 사람을 낼 때
생활함에 불편이 없고 삶에 최적화된 완전물을
내야 마땅하다.

그럼에도
인간은 자신의 손과 발은 스스로 살필 수 있으나
얼굴과 뒷모습은
유연하게 살필 수 없으니
어찌 완전체라 할 수 있겠는가.

조물주가 답했다.
스스로 자신의 얼굴을 살필 수 없게 한 점은
자신의 행동에 자만하지 말고
객관적 시선으로 상대를 살핌으로 인해
자신의 과오를 돌아보란 뜻이고

자신의 뒷모습을 살피지 못하게 한 것은
상대의 뒷모습을 보는 맘 나를 보듯이 하면
모자람이 없다는 큰 뜻이 있다 하겠다.

재차
조물주에게 물었다.
두 눈 두 귀 그리고 두 개의 콧구멍을
서로 보완적 기능으로 하고
협치를 통해 미비점을 보완하라는 의도는 알겠다.

그런데 기왕 편리를 봐줄 바엔 입구도 쌍구로 두어
그때그때 상황에 맞게, 즉 연설문조의 언어는 오른쪽
입이 맡고,
서정이 가미된 언어는 왼쪽 입이 분담해서 세분화 시킨
다면
가뜩이나 세대 간, 계층 간, 소통이 불통 되는 시점에
더 이상 장벽을 막을 수 있을 텐데
그렇지 않은 연유는 무엇인가 고 물었다.

이에 조물주가 답했다.
그 말 한번 잘했다.

그렇지 않아도 동서고금 막론하고 수 대에 걸쳐
수많은 사건들이 입을 통한 구설수로 인하여 발생하
였다.

군이 지난 역사를 논하지 않더라도
21세기 현 시대상에 견주어 보아도 언어의 중요성에 관한
부족한 인식으로 많은 사건들이 벌어지고 있다.

나는 지금이라도 할 수만 있다면
입으로는 음식만 섭취하고 말은 지금의 반절로 줄일 수
있는 구조로
축조하고 싶은 마음 간절하나 꾹꾹 눌러 참으며
진정시키고 있다.

내가 대답했다.
듣고 보니 성급한 마음에 자충수를 둔 것 같다.

그러나 할 말은 하고 가자.
인간은 사고하는 동물로 빚어졌다.
특히 인간의 뇌는 아이디어 보고로
수만 가지의 생각을 표현하며 희로애락을 조율하는

타고난 능력을 지니고 있다.

그런데 많은 능력과 기능을 겸비한 것은 좋으나
감정을 적재적소(適材適所)에 활용치 못하고 남용하는 등
낭패를 보는 일이 많은데
이 역시 큰 문제 아닌가?

내 말끝에 조물주가 말했다.
그 참 좋은 지적이다.

하지만 욕심이 과한 것 아닌가?
입은 있으되 떠먹여 주지 않는 것은
인간의 존엄과 자율성에 기반한 최소한의 배려이고

코나 눈이 있어도 일일이 지적하여
들어 마셔라, 보거라, 하지 않는 것 또한
조물주의 큰 배려이다.

모든 정보를 채집하고 활용하여
언제 어디를 막론하고
생존할 수 있는 기반을 만들어 준 것은

어떤 악조건하에서도 버틸 수 있는 최고의
경쟁력을 갖추게 함인데
현실에 맞게 꺼내 쓰면 될 일을
되레 불평만 늘어놓는단 말인가.

조물주가 숨 돌릴 새 없이 격양된 눈빛으로 재차 따져
물었다.
한 예를 들어 보자.

유명한 조각가가 있다고 치자.
일일이 적재적소를 지적하여

"이곳엔 1cm 평도를 쓰고
저곳엔 3cm 환도를 사용해 5cm 깊이로
불규칙 형태의 작품을 완성해"라는 각인된
시스템에 움직이는 조각가가 있다고 가정하자.

그렇다면 이는 인간의 차원을 넘어선 AI 인공지능 챗봇
이지
순리에 순응하는 인간이라 할 수 있겠는가?

인간이란 자고로
사람과 사람 사이 상충된, 사고와 동질성 사이의
간극을 극복함으로써
서로 다른 것에 대한
이질 너머 희열의 맛봄이 있음인데
짜여진 각본에 의해
고뇌 따위 배제된

그러므로 양산적 요소가 다분히 함축된
짜 맞춤형 인간을
어찌 순리를 기반에 둔
자율성 인간이라
칭한단 말인가?

내가 대답했다.
이제 알겠다.

세상을 살다 보니 그에 따른 이치를
조금은 알 것 같다.

하지만 지금도 섣부른 것은

나와 다름을 인정치 않고
때나 장소 불문하고
분출하는 불뚝 성질 때문인데
이를 제어할 방법이 없겠는가?

조물주가 답했다.
내가 언급하였듯이
강한 어필도 때와 장소에 따라
최종의 나를 지킬 수 있는 무기가 될 수 있다.
평상심과 온화함으로 사물을 대하다 보면
인간의 궁극적 목표인 선인이 되어 있을 것이다.

듣고 보니 다 옳은 말이다.
이제부터는 경거망동하지 않고
온화하고 담담한 마음을 담아 보려
애쓰리라.

박종성·조남철·이호권 공저『글과 생각』,
이규보의「문조물」에서 차용

나에게 지금

딸꾹질

딸꾹딸꾹
24시간 온종일
나를 알리던 시계 음

내 삶의 건전지는
건재하다고

딸꾹딸꾹
심장부의 건재를 알린다.

새벽

'오늘'이란
공포의 주범이
도끼눈 치켜뜨고
포효하는 창밖

잠시 후 너는
나의 의사와는 배치(背馳)된
범의 아가리를 관통해야 한다.

너는
동물적 감각으로

너의 육신에 최적격의 지렛대를 사용해
오늘을 운용할 에너지를 확보한다.

　　　　　　　　　　　나에게 지금

노동의 대가는
풍선처럼 부풀어
복선(腹線)에 표기되고

나는
오늘도
어제처럼
돈키호테로
살아난다.

비지찌개

뚱 하고
불어 터진 콩
비틀어 짜고
돌려 짜고

또다시 눌러 짜고
짜내고 짜내고
또 한 번 더 짜내

마지막 반 방울까지
농축액 탈탈 털린
빈 쭉정이 중
상 쭉정이

장성한 아들딸 빠져나간
텅 빈 공간의 카운터

나에게 지금

부부 얼굴 맞대고
끓여 먹는
비지찌개

목 마치도록
생각 그리운 것들

꾹꾹 눌러
꾸역꾸역
여미었지

안개

안개는 이따금
발을 묶고 눈을 덧씌워
앞을 지우려 한다

그러나
내가 아는 한 안개는
끝내
나를
모른 채로
버려 두지 않을 것을 안다

기다리면 기다린 만큼
훤히 터 주는 시야

나에게 지금

언제나 그랬다
의욕이 퇴색된 길에서
어둠이 장막처럼
호구로 설정한 길에서도

어김없이 밝음은
나의 퇴로를 마련해 주었다.

대부도 새우구이 집에서

끌려왔다 다시
그만큼 끌려가는 바다

파도의 실속 없는 힘겨루기 속에서
부산물로 남은 크고 작은 파편은
소용돌이의 혈기가 되고
난투극의 전장이 되어
제 삼의 말머리를 이어 간다.

언제나
삶의 동기는 음과 양의 양태적 변이에서
기초한다지
태양 앞에서
활발한 앞면과
태양을
등지고 보는 뒷면은
나를 복원케 한

나에게 지금

창작 설화의 뒷 담화다.

일행은 새우의 일탈을 도와
껍질을 벗긴다.

대장 내시경

삶에는 규칙 아니고 철칙이 있다.
한걸음 내딛으려면
그에 대한 대가를 치러야 한다.

대장(大腸)이
생생한가 보려면
삶의 원천인 섭취물을
남김없이 비우라 한다.

철저한 비움으로써
살핀다는 것이다
바로 대가인 것이다.

걱정이 앞섰다.
순간 대나무가 보였다.
평생 속 빔의 한계를 고집하며
격조를 노래하던 율격 품은 시성

나는 오늘 대나무가
되기로 했다.

마디마다 적절한 배분으로
삶의 절제를 알게 한 죽성(竹聖)
비움으로써
하늘과 조우하는 직성(直星)
변함없이 늘푸른 천성(天成)

나도 오늘
조화를 목에 걸고
비움 속에 숨은
또 하나의 숨결을 맛보려 한다.

무 밭에서

겉보기엔
고만고만한 것 같아도
막상 뽑아 보니

실한 놈
과한 놈
비실한 놈

천차만별이다.

같은 하늘
같은 기후
같은 양분
같은 시기
같은 조건인데

나에게 지금

정작

뽑아 놓고 보니

뿌리의 향배가 달랐다.

과한 놈은 곁에 두고

실한 놈은 멀리 두고

비실한 놈은 안고 가야지

제기동역 2번 출구

연륜의 무게는
모래톱을 이루고
변화의 물결은
둔화된 시력의 무게를 처량하게 하네.

시장 어귀 인도 변엔
노장들의 느린 물결이 스크럼을 부르고

길모퉁이 쉼터엔
노장들의 허걱 하며 꺾인 허리가
휴 하고 풀어지네.

한 시대를 호령하던 퇴역군단
뙤약볕 병아리처럼 풀 죽을 것 뭐 있소
우리도 한 때는 역사의 뒤안길을 풍미한
주역들 아니겠소.

나에게 지금

노을빛 든 단풍잎 봄꽃보다 곱고
농익은 한 사발 술 고된 삶 녹여 주듯
푸름이 풀지 못할 그 한 자리
우리네 몫이외다.

푹 쉬어들 가시오.
휴식을 주검으로 알던 세월이 있었소만
지내 보니 '쉼'은 활력이고 숨통이더이다.

경험을 역동의 기치로 걸던 시대는 갔지만
마을 어귀 그림자 유수히 펼쳐 낸 계수 목처럼
오래 머묾이 구차함은 아니라는 것을
노래합시다.

바빠서 놓친 구석 찬찬히 살펴 사시오.
노련함의 가치는 매듭에 스며나느니.

통닭구이 되던 날

그가
어느 병원에서
대장 내시경 받던 날
젯 상에 닭이 되었다지
새벽을 알리던 아침형 닭

때마침 이른 아침이었는데
침상에 오르라 해서 올라갔다지 뭐야
다시 옆으로 누우래서 옆으로 누웠고
못할 것도 없다 싶어 고분고분 따랐다지
아— 그런데 의사 양반, 이전에 신교대 조교였는지
신바람이 나서 마구 굴리더래

다음엔 왼 다리도 구부리라면서
그 위에 오른 다리를 겹쳐 놓으라고 하더래
그는 까짓것쯤이야 하고 따라 했다지 뭔가

그랬더니 다시 왼손을 복부 옆에 놓고
바른손을 왼손에 올리라 하더래
그는 연신, 어떻게야 되겠어 하는 심정으로 따르다 보니
어이쿠야 영락없는 통닭구이가 되었더래

똥꼬를 있는 대로 쳐들고 나 죽었오 복창(復唱)하며
의지를 탈탈 털린 통닭

그는 여기까지라며
멋쩍게 웃는다.

나는
얼마 후 의식을 찾았고
다시
꼬꼬댁 하며 살아지더군.
나
닭들한테 할 말 있소.

미안 통닭!

산울림

어느 날 아침
무심이 흐르는 나만의 강심(江心)에 젖어 들 무렵
자아도취에 빠져 버린 나는 텔레비전 화면에 눈이 갔
다.
화면에는 10여 살 먹은 여아가 피아노를 치고 있었다.
피아노 연주를 능수능란하게 하는 그 아이는 앞이 보이
지 않는다 했다.
여아는 악보를 머리로 기억한다 했고,
상상을 뛰어넘는 기교는 나를 단숨에 흡입하는 데 성공
한다.

그 아이 부모도 장애가 있어 보였다.
가족과 외출 중이었는데 작은 스쿠터엔 아버지 홀로 운
전해 가고
또 다른 스쿠터엔 주인공 여아를 태운 어머니가 뒤를
따르는 중이었다.

한동안 엄마 뒤에 묵묵히 타고 가던 여아가 말문을 연다.

"엄마 나도 크면 운전할 수 있나?"

엄마가 대답한다 "아니 넌 앞을 보지 못하니 운전할 수 없어"

"그럼 어른이 되어서도 눈을 뜨지 못해?"

"응" "그럼 죽으면 앞을 볼 수 있나?"

"어? 그건 모르지"

담담한 어조로 주고받던 두 모녀의

일상의 대화 내용이다.

2012년 2월 1일 아침나절 TV 시청 중

아버지

인적 드문 시골길
이따금씩 들려오는
소달구지 워낭소리

딸그랑 딸그랑
고즈넉한 골짜기에
산산이 흩어질 때

화훼영모(花卉翎毛)도
숙연한 듯
고요 품에
스며든다

잔잔한 울림으로 전해 오는
워낭의 간절한 파장처럼

나에게 지금

삶의 언저리에서
한결같은 떨림을
몸짓으로 전해 주시는
아버지

봄꽃들의 반발

그러거나 말거나 생강꽃은 핀 다.
그러거나 말거나 개나리꽃도 핀 다.
그러거나 말거나 진달래꽃도 핀 다.

생강꽃 옆에서
개나리꽃 옆에서
진달래꽃 옆에서

꽃향기에 취해
덩달아 핀 다.
나도
덩달아 핀 다.

2019년 코로나19 팬데믹에

나에게 지금

우박 오던 날

우박

　　오던 날

하늘　나라

　　　골프대회

오늘인가

예고 없는 황당함에

캐디는

농부들 차지

제3부

정착기

먼저 가나 나중에 가나

내
눈 속에 뛰어든
하루살이
투혼

나에게 지금

설악산의 4월

사시사철
푸름을 고집하는 소나무
생존을 위해 변수를 택한 활엽수

각기 다른 삶 속
다시 태어난 설악산의 4월은
녹록지 않다.

불변과 변화의 간극을
청록과 연록으로 구분한 자연은
경계와 경계 사이를
조화란 트랩에 가둬
나를 황홀케 한다.

나 살아온 경계도
이같이
상생의 미로남아

아! 소리로 울림케 하는
눈 녹인
설악산의 4월은 위대하다.

4월 초 어느 날
60년지기 초교 동창들과 설악산 울산 바위 쪽 정상에
올랐다.
지단 한 세월 각기 다른 성향을 인정하며 저마다의 웅
지로 살아온 친구들
이다.
지친 마음을 위로하며 어렵사리 산에 올라
정상에서 맞닥뜨린 대자연의 정경은
굽어보던 일행으로 하여금
와! 하는 함성을 이끌어 낸다.

나에게 지금

정상에서 바라보는 자연의 경계는 마치 동행한 우리들의 삶 자체를

이구동성으로 표현이나 한 것처럼 모두들 가슴속에 저며 들었다.

수년이 흐른 지금도 명화를 본 듯 생생하다.

모나리자 미소

이생
다하는
그날까지

내 얼굴에
담담한 미소가

더도 말고
꼭
너만큼만

나도
너처럼

오랫동안 바래지 않는
모습으로

변치 않기를
기도해야지

하나가 아니어서 다행이다

두 눈
두 귀
두 팔
두 발
두 쪽

짝 이뤄
마주하고 있는 것이
행운이다

나는 어떡하지

나에게 지금

짜샤
너도
네 마음 가는 대로
잘살고 있자녀

워쩌라고

머위 쌈

후덕한
연잎이 떠오른다
아니 닮은꼴은 곰취에 더 가깝다.

겨울의 강심장을 건너 나긋하게 살아난
생명의 불꽃

머위의 줄기를 꺾어
이물질이 사라질 때까지
찬물에 3~4번 씻는다.
마지막엔 물에 담근 채 차곡차곡 가동 그려 준다.

다음
물이 끓으면 줄기부터 넣는다.
넣고 2분여가 지나면 잎 부분까지 흠뻑 담근다.
다시 1분여가 지나면 머윗대 하나를 젓가락으로 건져
줄기를 엄지와 검지로 비벼서

부드러운 몸짓으로 자지러지면 가지런히
건져 내어 찬물에 헹군다.

헹군 머위를 소쿠리 채 받쳐 물을 뺀 후
접시에 담은 뒤 식탁에 올린다.

머위 잎을 손바닥에 올려 밥 한술을 얹는다.
된장과 풋고추를 적당히 섞은 다음 선물 보따리 싸듯
고이 여며
윗니와 아랫니 사이로 쏘옥 밀어 넣는다.

순간 윗니와 아랫니의 상호적 행위가
육감으로 이어지고 황당함은 화덕에 던져진 오징어로
변한다.
침과 쌉쌀한 이질감의 충돌로 입안의 질서가 무너지고
목젖은 진퇴양난의 다급함에 꿀꺽 닫힌다.

고인 침이 쌈 주머니를 만날 때 호기심 부푼 혀는
복병의 씁쓸한 맛에 토끼 눈이 되고 혀는 잽싸게 입 밖
으로 도망 나온다.

뇌 영역이 좌불안석일 때 그새 목젖은 포도청의 문을
열고야 말았다.
열띤 공방이 지불싸움처럼 번질 때
쌈은 식도를 타고 순식간에 목의 관문을 관통한다.
변화의 추이가 엎치락뒤치락하는 순간
반전이 일어난다.
난데없는 생의 욕구는 까칠한 반감만큼 기대치로
반전된다.

이상기류가 사라진 모니터에는 당장 괴물질을 잡아들
이라며
난리도 그런 난리가 아니다.
이상한 것은 한 쌈 한 쌈 거듭할수록 식욕은 증폭된다

나에게 지금

는 점이다.

혀끝을 스치는 동시 솟구치는 묘한 매력이 있다.

뭐지 이 느낌!

다시 한 쌈 들어간다. 그리고 다시 한 쌈

어느새 밥 한 그릇이 뚝딱 비워졌다.

예상 밖의 복병

오늘

머위는 나에게 밥도둑이었고

식단의 일상을 뒤엎는 반란의 주체였다.

내 삶도 그랬다.

가시밭길 헤맬 땐 회의감도 들었다.

그러나 사지에서 벗어나 취득한 희열은

나에게 삶의 농도를 걸쭉하게 해 주었다.

희열의 모든 과정이

"열정"이 내게 준 신기의 처방 때문이다.

나의 분신들

나를 지탱하는
각양각색의 옷들이
"이 뭐꼬?"를 외치고 있다.

변화란 회오리의 돌개구멍에서
편승의 발판을 삼으려
기치를 드높이던 지원군

한 시대의 카멜레온으로 살게 한
또 다른 내 모습이다.

어둠이 상용(常用)된 속에서
상반신 하반신 분리된 채
서로의 다름을 배척 없이
마주하고 있는 입성들

나에게 지금

한세월 묵언 중에도
외출 시
느슨한 내 몸을 달뜨게 하는
미소의 화신

얼굴 없어 표정 몰라도
발 없어 갈 곳 몰라도
내가 향한 길 위에 서면
또 다른 얼굴로 날개로
살게 하는
나의 분신

내게 보이는 것이 네게도 보인다면

TV를 일탈한
내레이터의 음성이
나의 부실한 감성을 두드리는 아침나절
단짝과의 말씨름에 벽을 보았다며 시무룩하던 여식의
모습이 아른거린다.

이미 그 길은 내가 앞선 길이기에 나한테는 뻔한 길이다.
하지만 '그렇다'는 똑 떨어진 앎보다 '그럴 것이다'의 변
죽 울리기에 가까운 앎이다.

차분히 바라보면 나 역시도 현재 진행형으로 결과를 예
측할 수 없는 모호한 길이다. 시각에 따라 해석이 분분한
아리송한 길이요, 예시의 명확성이 안개 같은 길이요. 기
승전결이 딱 부러지지 않은 길이다, 오로지 서로의 아량
이 손뼉처럼 균형을 이룰 때야 가능한 길! 그래서 해 볼
만한 의지를 불붙게 하는 바람 길인지도 모른다.

이런 상황에서 내가 거들 일은, 저만큼 물러나 객관화한 시선으로 바라보는 일과
사노라면 그럴 수도 있겠거니 하고, 다름을 가치로 인정하는
나만의 긍정이 필요한 때라는 것. 그리고
나 자신을 내려놓을 수 있는 여유 같지 않은 여유, 딱 거기까지다.

하지만 외면하면 할수록 외길 위에 서 있을 초점 어린 여식의 눈망울이
빗물 젖은 창가에 오버랩 되어 안타까운 마음으로 흐른다.

숙고해 보면
많은 사람들이 걷는 길이고 너희 또한 스스로를 사랑하는 현명한 젊은이이기에
아무 일 없다는 듯 힘듦을 감내하리라 믿어 의심치 않

는다.

살펴보자 하니

그 길은 둘만의 신천지에 창조 신화의 설화를 창조하는 과정이다.

다만 이 페이지엔 독백의 가치에는 소용할 수 없는 금기의 구역이고.

창의적이면서도 서로일 수밖에 없는 그래서 독특한 길이다.

분명한 것은

삶의 지단한 여행길에 플러스 알파가 되는 길이다.

나에게 지금

자전거

순환을 부르짖는
너의 숨결은

걸림 없는 허허가 일색일세
돌고 돌아도 쉼 없는 윤회는
변화쯤 두렵지 않아

둘인 듯 하나인 듯
일사불란함은
화합의 일체를 소명한다.

묵묵히 앞선 자리
무소의 뿔로 거듭나고

다소곳이
한 걸음 물러난 자리
순응의 질서로 맺음 한다.

비 오는 날 수묵화 속에

비가 오는 날
세상엔
수묵화가 흐르고
흐르는 노래에 젖어 들어요.

추녀 끝에
나고 죽는
빗방울의 생사 속에서

우산을 미워하며
툴툴대는 빗소리 들으면

잔잔한
내 마음 휘저어 놓아요.

비가 내리면
내 마음도 따라 젖고

나에게 지금

떠나간 그녀가 떠오르네요.

고개를 떨구던 그녀
끝내 우산 속으로
숨어 버린 그녀가

비가 내리면
오늘처럼 비가 내리면

담담하게
그려낸 수묵화 속에
기망기망 살며시 돌아오네요.

우산을 받쳐 들고
수묵화처럼

담담하게
찾아오네요.

육신의 안전 점검

욕조에 물을 채우고 몸을 담근다.
바람이 들지는 않는지, 골조가 어긋난 곳은 없는지,
세월에 녹슨 부위며 나사가 풀린 곳은 없는지,
안전이 삐걱이는 틈새를 온기는 윤활되어 흐른다.
어느새 몸은 물아일체가 된다.

먼저 발가락을 움직여 본다.
엄지를 주축으로 비비고 껴안고 누구랄 것 없이 반가워
야단이다.
보는 나도 그만그만한 10형제의 우애가 대견스럽다.
귀여움이 사라진 찌글한 모습은 흡사 무말랭이 같다.
한 가락 두 가락 정성껏 만져 준다.

발가락에서 눈을 떼니
시종일관 각자 놀이에 빠져 있는 무릎에 마음이 간다.
온몸 떠맡아 육신의 무리한 요구에도 순응하는 네 모습이
나를 낮추게 한다.

나에게 지금

살집도 근육도 왜소해진 텐션 잃은 몰골은
비애의 잔해가 난무하다.
아둔한 주인 만나 고생이 많다.
요리조리 만져 준다.

휴! 하고 한 마음 돌리려니 매니저로 살고 있는 두 손이
보인다.
고왔던 섬섬옥수가 세월의 된 서리를 맞아 닭발처럼 굽
었다.
손 또한 나의 수호신이고 작은 세계를 이끄는 에너지
조달자이다.
내 몸의 양옆에서 서로를 챙겨 주며 형제애를 발산한다.

허겁지겁 보낸 세월의 뒷얘기다.
마음과 마음 사이 진솔한 찐 얘기 나눌 짬 없었고
내 몸 또한 진중히 돌아보지 못했다.
누구를 탓하랴!

이제는 때를 불문하고 A/S 요청이 쇄도한다.
세월 도둑에 변치 않을 자 있다던가

구조적 관점에서 나를 바라본다.
잠깐!
허벅지 위 삼거리 중앙에서
형평의 정도를 설명하는 달랑이가
풀 죽은 모습으로 발끈하며
불러 세운다.

ㅋㅋㅋ 그래 그래 걱정 마라
볼일 없다고? 설마 내가 너희를 내칠 수야 있겠는가
우여곡절? 다 겪은 너희들도 참 수고 많았다.

나에게 지금

인연이다. 인연이다.

혀에 각인될 만큼 익숙한 단어지만

여기까지 오다 보니

나한테 너희보다 더한 인연은 없을 듯하구나

몇만 겁을 거쳐야 조우한다는 인연

아직 너희와 같이할 날이 많으니

두고두고

심기일전해서

마루가 부르는 날 아쉬움 없는

여행길에

들자꾸나

마음 찾기

낯선
공사 현장에서
길 잃고 헤매던
꿈 잃은
아기 청개구리

어젯밤
나의
꿈속에
와 있네

나에게 지금

첫눈(2)

낯설어
살포시 찾아와
그리움의
향기만 적시고 갔네

단풍의
짙은 여운 질펀한데
시샘 꽃 피워 낸
얼음골의
풋사랑이여

첫눈이
성급하게 내리던 날
단풍은
두 눈을
질끈 감는다

어머니가 여자로 피던 날

이 시대의 여성들은
어머니가 되는 순간 여성이 아니다.
특히 나의 어머니 세대들은 많은 출산과 전쟁이란 난국 속에서
대차게 살아오신 개선장군 같은 분들이다.

우리 어머니도 내 앞에서 예외가 아니었습니다.
그러시던 어머니가
92세의 어머니가, 60살이 넘은 아들 앞에서 진땀을 흘리고
계십니다.
거센 강물도 아니요, 너울 성 파도가 출렁이는 바다는 더욱 아닌
4각의 안전지대, 아파트의 아담한 욕조 앞에서 말이지요.

오늘 어머니는 내 앞에서 여자로 태어나기를 작정하고 계신 듯합니다.

　　　　　　　　　　　　나에게 지금

피골이 상접한 작은 가슴에 내 손이 조금이라도 닿을라 치면 어머니는 새색시가 되어
내 손을 밀어냅니다. 어머니는 아들과 눈길 하나 마주하질 못하십니다.

그렇습니다. 어머니란 이름으로 살고 있는 그분은 분명 틀림없는 여자였습니다.
나는 오늘 어머니가 여자인 것을 처음으로 깨닫게 되었습니다.

본인은 못 먹고 못 입어도 자식한테만은 원하는 것 다 해 주시고
자식이 최고라며 자신을 감추시던 어머니, 나는 그런 어머니가
그 누구보다 힘센 장군인 줄 알았습니다.
아니다, 괜찮다, 늘상 입버릇처럼 하시던 그 말씀이 진실인 줄 알았습니다.

그렇던 어머니가 내 앞에서 한없이 나약한 모습으로 쩔쩔매고 계십니다.

나는 그 순간 쥐구멍이라도 찾고 싶은 심정이었습니다.
이제라도 남은 여생 편안하게 모시리라 다짐했습니다.
어머님의 본 모습을 찾아드리리라 약속했습니다.
그때만 해도 어머니는 오래오래 내 곁에 계실 줄 알았고
충분히 그럴 수 있으리라 믿었습니다.

하지만 어머니는 나를 기다려 주지 않았고
나는 그 약속을 지킬 수가 없게 되었습니다.

어머니는 내 곁에 아니 계십니다.

나에게 지금

하늘 높은 줄 모르고 치솟는 개미집

나의 일과는
12층 구조의 성냥갑 형태로 지어진 소굴에서
시작한다.
나의 12층 보금자리 앞에는 38층의 또 다른 개미왕국이
개설 중이다.
그들의 부족(部族)은 서울·부산·대구·광주·대전 등을 점
령하고도 모자라
그들만의 왕국 확산에 혈안이 되어 있다.
얼마 전만 해도
이곳에는 물방개, 개구리를 비롯해 고라니며 날짐승까
지도 활기롭게 노닐 수 있는
생활 공간이며 또한 휴식 공간이었다.
선점의 권리가 무엇인지도 모르는 점령군의 두목들은
밤인지 새벽인지도 모를 경계를
이리저리 널뛰며 아성의 끝을 향해 돌진 또 돌진하고
있다.

그들한테는 올여름 강수량이 역대 최고치라는 주파수
가 감지되었나 보다.
개미들은 오늘도 꼭짓점의 한계치를 향해 매진하고 있다.

어제는 미국 어느 주의 개미집이 와르르 무너지는, 아
비규환의 처절 음이,
먼 이국 한국에까지 들려왔다.

그러거나 말거나 그들은 쥐었던 고삐에 힘을 가한다.
한 발 더 나가 GTX 유치 확정으로 강남이 20분대라는
개국 설화를 페르몬으로 발산하며
하늘이 뚫린 건지 모를, 쏟아붓는 물 폭탄 속에서도 왕
국 건설에 주춤이 없다.

나에게 지금

주변엔 자연의 순향(順鄕)을 잃은 지 오래고 빈 공간엔
개미들의 페르몬으로 왁자지껄한다.
획일적으로 형성되는 수평과 수직의 단순함, 그리고 잿
빛 콘크리트 더미로 겹치는 싸늘한
깔끔함이 비대칭처럼 낯설다.

외줄타기

생이
한가운데 처절하게 흐르고
무대 양옆엔
주검의 그림자가
희희낙락 입맛을 다시네
서킷 브레이크가 정지된
외길에 서면
나한테 할당된
모든 부위
눈·머리 심지어
내 몸에 기생하는 부스럼까지
삐죽한 직선으로 나서야 한다.
동행 타는 바람도
햇빛도
자연의 환경까지도
내 편에 서야 도달할 수 있는 이 길은

나에게 지금

일방통행이며
정지할 수 없다.

관객이 숨죽이다 웃어야 끝이 나는
고독한 외줄 위에
두 가닥 사로가 유혹하는
고독한 길

삶은 꽃을 피우는 일이다

어릴 때는
아픔 뒤에 키가 크더니
어른이 되니
아픈 뒤
거울 속 내 얼굴
주름살 한 줄 보탠다.

앞산마루
의연히 서 있는 나무처럼
삐뚤빼뚤
나이테를 그리며 사네.

누가
푸름의 활기 앞에
나이테의 이룸을 엿볼 수 있으리.

나에게 지금

누가
스치는 미소 속에
저미는 고통을
짐작인들 하리오.

삶의
순간순간은
꽃을 피우는 일.

오늘도 햇살은
베란의 창문을 넘나들고
낯익은 사람들은
참새 같기에 여념 없네.

등산로에 5층 돌탑

간절함의
절절함이
가녀린 몸짓으로
전율하는 순간

우리는
한 몸이 되기로 했지

비바람의 저항에도
꽃을 흠모하는
새들의 유혹에도

용트림하는 발가락

지그시 누르며

비탈길 뻗대고 버티며

'안녕?'이라 묻는 말에

끙끙 앓는

5층 돌탑

시험장에서

나비가
되겠다고
번데기를 자초했지

어둠에 웅크린 채
나비의 율동을 지켜보던
지난날을 떠올리며
크게 심호흡을 한다.

오늘은
꿈에 그리던
날개를 다는 날

비상과 추락의 틈 사이
천상의 의식은 막이 오르고
고치들의 움직임은 비상(備常)하다.

나에게 지금

점점 옥죄 오는
한계의 잔인성 앞에
쇠잔해지는 점점들

오매불망 나비는
시야 속에서 멀어만 간다.

이 순간
간절한 염원은
진공의 철벽을 깨트릴
까치의 비상(飛翔)뿐

모든 것은
그 다음이다.

남이섬

"네 섬이니?" 하고
묻기라도 했나

도둑 제 발 저리듯
이실직고하는
더없이 솔직한 섬

그래서 더 관심이 가는 곳

바라다보면
멀리뛰기 한 번이면
족히 닿을 듯한
가까운 섬

강가에 이르니
유영(游泳)하는
거북이 두 마리

잉태와 태생을 반복하고

까마귀 한 마리
소심한 섬을 타진한다

섬에 도착하면
잣나무 삼나무가
금방이라도 무너질 듯한
섬의 기둥이 되고

겨울의 발자국 소리 가차이 오면
단풍잎은 파란 하늘 별이 되고

나는 왔던 길을 돌아서
거북이 알로
되새김당한다.

나만의 잣대

나는
주절대는 새들의 외침에서
노래로 받아 적고

높은 하늘 구름 한 점
유유자적이라 이름한다.

외롭게 핀 꽃을 향해
아름답다 호들갑 떨고

발버둥 치는 고기를 낚아채며
희열이라 푼다.

객관적 삶에
주관적 잣대로
나를 채우며

나에게 지금

"정"과 "의"란
이중 잣대를 그려
처절한 삶을 꾸리는 너

이기에 따라 남이 되고
내가 되는 양립된 세상

합리라는 편익 앞에
어떤 때는 정이
어떤 때는 의가

나만의 카멜레온으로
변칙의 숨쉬기를 종용하고 있다.

제4부

성숙기

동병상련

빈자리 없다고
실신하는 스마트폰

방금 한 일
까맣게 지워 내는
메모리 넘치는
내 머리의 한계
한 대 뻥 하고 맞아도
제정신 못 차리는 아둔함

더 이상
무얼 어쩌랴!

캬르르껄껄
웃을 수밖에

나에게 지금

김치

힐끗
보기만 해도
괸 침이 돈다
코는 벌름벌름
눈은 게슴츠레
게눈이 되었다
두 손으로 주욱 찢어
한 잎 덥석 물면
쏴- 하고
밀려오는 묵은 감동
더 맛 들어 가는 오늘

자연의 몸짓으로

젊은이든
노인이든

산을
처음 오르든
자주 오르든

언제나
높은 시렁이다.

숨은
하늘 끝에 붙어
푸들푸들 떨고
두 다리는 먼저 가라
서로 떠미네

숨 막히게
삶이 시린 날엔
자연은 나를 더
포근하게 맞아 준다.

눈이 내리네

다시 그릴까
하얗게 지웠다가

이건 아니지
다시 멈추고

아니야
그건 아니야
또다시 지워 낸
하이얀 도화지

덜 지워
군데군데 드러난
잔상들

도화지에 그려 보던
어린 시절
미술 시간 같은 하루

오늘이란 액자에
담아 봅니다.

눈이 내리다 멈추고를 반복하는 사이 따뜻한 날씨 탓에
그려진 자연 현상을 스케치한 글이다

쑥

봄볕에
불쑥 고개 쳐든다.

봄의 향기 머금은
아득한 저-밑

한 아름 담기는
찐한
흙 내음

숨죽여 이어 온
낱낱의 시간들

쑥 일으켜 세운
무지여

나에게 지금

누군가의 손에
머리채
앙당 잡힌 날

꾸역꾸역
밀어 넣었지

반짝이는 눈망울 안에
방울방울 돋아난 추억

고향 집 뒤뜰
저녁밥 먹어라 부르던
누님의
정겨운 목소리

색안경

잔뜩
흐린 날
비라도 맞을까 봐
힘껏 달렸어

꽃은
피었지만
핏기를 잃었고

풀은 살았어도
흐느적댔지
한참을 달리다
색안경을 벗으니
햇빛 화사한
청명한 날이었어

나에게 지금

지난 세월
돌아다보네

꿋꿋하게 걸어온 길
색안경 너머
굴절된 삶은
아니었는지

서킷브레이크

관성 따라
가는 삶

말도 행동도
브레이크 하나 있으면
좋겠다.

넘친다 싶으면
빨간불이 켜지는
통제 수단

과부하 속에서
멈추지 못해
일어나는 사사건건들

섶은 일이
줄어들 텐데

곳곳에
향기만
가득할 텐데

잠수함

인해란 바닷속에 살고 있다.
나는 외출을 위해 선착장에서 기다리고 있다.
내가 이동할 수단은 지하철이라는 잠수함이다.

잠수함 속에 여행객들은 제각각 입틀막을 위해서 방독
면을 쓰고 있다.
어떤 이는 턱에 걸친다 해서 턱스크라는 신조어를 창출
하기도 한다.

코로나19라는 적병을 막으려면 올이 촘촘한 KF94 방독
면을 써야 한다.
자칫 방독면을 기망하여 방지선이 뚫리기 때문이다.
나는 여러 색깔 중에서 검정색의 방독면을 쓰고 있다.

왜냐면 다양한 색상이 있지만 검정색이 강한 느낌을
준다는 나만의 심리적 이유 때문이다.

나에게 지금

목적지에 도착하면 잠수함을 벗어난 승객들은 일제히 방독면을 쓴 채 이동한다.
거리에 행인들 역시 방독면을 쓰고 있다.

때로는 코로나19의 위력을 우습게 생각한 사람들은 식사나 대면 중에
방독면을 착용하지 않아 코로나19의 공격을 받은 이도 있다.
최소 12일 동안은 병원이란 돔 창구에 갇혀 곤욕을 치러야 했다.

또 어느 대가족은 한 어린이가 감염되었는데 줄줄이 단계별로 감염되어
온 가족이 두 달여를 병원에 입원하는 고초를 겪기도 했다.

코로나19 초기에 확진된 사람들은 수년이 지난 지금도

후유증의 고충을 심심찮게 털어 놓곤 한다.

지금까지 전국의 코로나 사망자 수는 600만 명에 이른다. 이에 초과 사망자 수를 고려하면 1,800만 명이 숨졌을 것이라는 어느 매체의 보고도 있다.

환자들을 치료하는 의사들은 우주인과 흡사한 복장과 머리에 호수를 꽂고 다닌다.

코로나19라는 적병들은 과학에 발달한 인간보다 더 유능함인지 자신들의 무기가 위력을 잃으면 또 다른 신형의 무기로 교체하곤 한다.

이젠 마스크 착용을 강제하던 것을 해제하고 개인의 자율적 의사에 맡겼다.

하지만 코로나19는 여전히 존립하고 있다.

부디 삶의 항목에

코로나19라는 목록이 '붙임'으로 남는 일이 없기를 바란다.

환영(幻影)

어젯밤 나는 돼지를 보았다오.

주문을 외고 있는 돼지 말이요.

그런데 돼지의 주둥이가 갈수록 길어지고 있소

나는 또 기린도 보았다오. 돼지 곁에서 이미 돼지가 되어 있는

기린의 환영 말이요.

돼지는 기린을 올려다보며 울고 기린은 돼지를 내려다

보며 긴 목을 움츠렸오

나는 할 말을 잊고 말았오.

나는 불현듯 촛불이 떠올랐오.

제 몸을 살라 암흑을 밝히는 촛불 말이요.

나는 나도 모르게 촛불 앞에 앉아 있소.

그리고 진심을 담은 편지를 쓰고 있오.

지금 막 글쓰기를 끝냈오.

편지를 들고 촛불에 태우고 있소.

촛불은 힘차게 타올랐소.

높이 높이

하늘 끝까지

변화의 추이(推移)

거울 속의 나는 거짓 없는 중년인데
마음속의 나는 갓 서른의 청춘이다.
청춘이라서~ 마음이 청춘이라서
청춘다운 푸른 말만 골라 해도 날 보고 꼰대란다.

내게 보이는 것이 내가 아는 전부이고
내가 아는 것이 전부라서 딱 그만큼 말하는데
말만 하면 눈치를 준다.

아무 말 없이 서 있는
마을 어귀
500년생 느티나무처럼
잠자코 지내라 한다.

거두절미하고
중언부언하지 말라 한다.
입 없듯이
말 없듯이

난 1백 년도 안 됐는데

들꽃송이

길모퉁이 한 그루 꽃나무
몽울지네몽울지네꽃피네꽃피네꽃이피었네꽃이피었네
이름알길없는꽃송이나는그를그냥꽃이라부르네
밤하늘별무리가영롱한몸짓으로질문을던지는것처럼
꽃은꽃이꽃인줄모르면서활짝피었네
별은내가별이라부르기전까지
꽃은내가꽃이라부르기전까지
별인줄도모르고꽃인줄도 모르네
피고지고피고지고하네.

나에게 지금

소방관과 비

비가나린다
충청도에도전라도에도강원도에도경상도에도
제주도에도경기도에도서울에도
불이꺼졌다충청도경상도강원도할것없이싹다
꺼졌다세상끝날것같은깊게패인한숨도맞물려꺼졌다
멈춤을보니멈춤자리는단순하다오늘따라소방관의주장이
가슴에와박힌. 시작과멈춤의가치에즈음하여~

중앙선 너머엔

자동차 전용 도로
정중앙엔 황색실선의 중앙선이 있다.

오늘도 국회 청문회장엔
이름만 들어도 알 만한
유명 저명한 인사들이 등장한다.

뻔한 증거를 눈앞에서 확인하며
모르쇠를 자처하는 뻔뻔함의 대명사

나는 오늘
발각되면 발뺌하고 눈에 띄지 않으면 모르쇠로 일관하는
흔한
자동차 전용 도로상의 폐해를 들추고자 하는 것이 아
니다.

이편저편 상황 따라 카멜레온으로 변신하는
주인공의
농익은 연기력을 높이 사고자 하는 것이다.

시시비비에 연연하지 않는 그 담대함에
경의를 표하는 것이다.

참 나란

나는 누구인가?
언제나로 시작되는 마무리 못한 일기장을 붙들고
엉킨 필름처럼 뒤섞인 기억의 잔해를 들추며 오늘도 걷
고 있다.

그때 풀 섶에 굿판이 벌어지나 싶더니 코끝에 바람이
스치며
"나는 바람이야"라는 음성이 들렸다.
내가 물었다. "네가 바람이라고? 풀이 조금 흔들렸을
뿐인데?"
바람이 대답했다.
"그래, 맞아. 나는 세상 언저리를 떠돌며 크고 작은 이
야기를 노래로 풀어내는
바람이야."

나는 무심코 허공을 쳐다본다. 하늘이다. 내가 소리쳤
다. 하늘이 내 말을 받았다.

"그래, 내가 너희들이 우러르는 하늘이야." 나는 손을 뻗어 하늘을 느껴 본다.

역시 하늘도 바람처럼 형체를 느낄 수 없지만 해와 별과 달무리와 그리고 비와

눈까지도 안을 수 있는 무안한 품을 간직하고 있었다.

하늘이 대답한다.

"그래, 맞아. 나는 온 천하를, 그리고 너희들 모든 생명체까지 내 품에 보듬고 있지."

아~ 그렇구나. 고맙다.

한참을 걷다가 무언가에 걸려 넘어졌다. 발밑을 보니 흙을 품은 대지다. 멀리 아스라한

지평선, 나무며 산과 풀 섶까지 흙 안에 있다. 허리를 굽혀 흙 한 줌을 쥐어 허공에 뿌린다.

내 손을 벗어나는 순간 흙은 자취를 감춘다. 흙이 다급한 소리로 외친다.

"그래, 네 말이 맞아. 나 또한 많은 것을 품고 있지만 나에게 영원히 머물 수 있는 것은 없어."

바람이 스치나 했는데 비릿한 내음이 후각의 비위를 건드렸다. 저 멀리 드넓은 바다가 보이고
파도의 힘겨루기가 한창이다. 산만한 파도는 내 앞에만 오면 풀 죽어 흩어진다. 순해진 바다를
손바닥에 담아 본다. 바다야~ 라고 하기엔 나한테 쑥스럽다. 힘들여 바가지를 만든 손이 덩달아 멋쩍어한다.

이와 같이 나를 찾는 길은 망상을 품고 거품 위를 달리는 격과 같다.
하늘과 땅 바람과 바다, 그 어느 것도 자신을 찾는 길에 매어 있지 않다.
알고 보면 만물은 순간의 응집일 뿐 영원성을 고집하지 않는다.

나에게 지금

'나란' 결국 편익을 고려한 지칭, 거기까지며 영원성을 전제하지 않음을 알았다.

또 한편 되짚어 보면 '나란' 영원불멸의 불사신이 아닐까?

나에게 지금

연일 35도 찜통더위에
3축의 선풍기가 멈출 줄을 몰라요.
짓궂은 더위 앞에 굽힐 줄을 모르네요.

제대로 그림이라곤 배우지 않은
초극노인의 착한 그림 한 점에
시선이 멈춰요. 뚫어져라 몰두하던 할머니의
두 눈이 반짝 하고 빛나요.

하루살이란 놈이
두 눈을 번갈아 희롱하고 있어요.
껌뻑껌뻑 속고 속는 두 눈

무더위 속 뚫고
감자 세일 한다며 시장 다녀온 결과물
개선장군이나 된 듯 치켜든 5개들이 감자 봉지
애처로운 아내의 귀밑머리 땀방울

고층 아파트 38층 담벼락

외줄 끝에 댕그렇게 매달린, 시름하는 아저씨 보여요.

무탈을 염원하는 매미의 떼창 소리가 활기차게 들려요.

움직이는 붓칠 따라

행복도 배가 되었으면 좋겠네요.

관상용 사과는 사과일까

너는
나무를 벗어나 코발트색 접시에 담겼지.
피부며 과하지 않은 너의 몸짓,
시간이 엎힐수록
주변을 매혹하는 향기

절정의 네 모습
선뜻 다가가기 두려웠어

하루 이틀 사흘
그때만 해도 너는 최상의
너를 보임으로써 충실했고
최고의 컨디션이었지.

거기까지였어
사흘이 되자 너는
꼭지로부터 자글자글

주름이 잡히고 주름은 차츰
검버섯으로 변질되어 향기는
또 다른 변화를 가져왔지.

싱그런 표정과
달콤한 향에 취해
너를 반려자로 탐하던 나

네가
나무에서 일탈할 때
나무는 흔한 눈물조차 흘리지 않았고
하늘은 그 흔한 구름조차 미동하지 않았다.

너는 접시 안에 불청객
내가 나일 뿐 다른 내가 아니듯이
너는 사과일 뿐 다른 무엇을
원하지 않았지.

나무의 흑심

지상에서
나무는 가지로
때로는 잎으로
때로는 꽃으로

허튼 손짓과
묘한 표정과
과한 몸짓으로
세상을 꼬드긴다.

소음에 시달리고
매연에 그을리고
해충에 갉아먹혀도
의연을 가장한 목심은
변함없다.

나에게 지금

알고 보면
나무는
뿌리의 종족
지상에서
잽으로 혹은 훅으로
때로는 어퍼컷으로
파이터의 잽싼 몸짓으로
시선을 돌리면

뿌리는 남의 눈을 피해
동족의 번식만을 위한
꿈 불리기에 급급하다.

종종 진부하게 늘어진 습성은 지상을 꿰뚫는
과오를 엎지르면서 목심을
들키기도 한다.

변천

나 어린 시절엔
고향 집 냇가에서 피라미 낚시를 했지.
파리를 잡아 낚시에 꿰어 물결에 날리면
파리는 유려한 춤으로 고기를 유혹했지.

나
중학교 다닐 무렵
어른들은 산으로 낚시를 다녔지.
어깨에 대나무 낚싯대를 걸쳐 메고
다람쥐를 잡으러 다녔지.
나일론 줄에 도토리를 매달아
올가미로 잡았지.

나
중년이 되어
산에서 내려다보니
택지 현장엔

나에게 지금

갖은 색상의 낚싯대가
어획 질로 여념이 없더군.
공중으로 치솟나 싶으면 빙글빙글 돌면서
고도의 기술로
배불리기에 정신없더군.

시대의 흐름에 따라
피라미에서 다람쥐
그리고 고층 건물에 이르기까지
어획물의 가치도 달라졌지.
물적 가치
달라졌지
몰라보게 달라졌지.

호랑이 안고 고양이 피해 산다

감기에 걸렸다.
된통 걸렸다.
두 달이 가도
감기는 떠날 줄 몰랐다.

심하게 걸리니
그 어느 질병보다
심하게 끈질기다.

그러고 보니
감기는 원래 완치를 모르는
병이라고 했다.
그 사실은 너도 나도 아는 상식이다.

어느 날 코로나19가 전파된 뒤로 감기는 뒷전으로 밀
렸다.
정확히 짚어 보면 코로나19 팬데믹은 평균 12일이 경과
되면서
완치 단계가 된다.

결국 감기가 코로나19보다 무섭다는 결론이다. 그런데
세상 다 산 것처럼 벌벌 떤다.

고양이 출몰에
호랑이 굴로 도망간 격이다.

홍조 띤 사과

친구가 보내왔다.
선수로 등록된 사과는 실한 만큼 활기차다.
애지중지 싸맨 포대기 속 아기처럼
포장지 사이 발그레 드러난 홍조

무심한 척 집었지
물러서는 사과

물에 씻었지
새침 떠는 사과

관심 없는 듯 베어 물었지
불곰 앞에 악어처럼

두 방망이 치는 심장
내 속을 들켰어, 붉은 정열 앞에

관성 앞에 어쩌지 못했어
최선 다해 물어뜯었지
분화구처럼 패인 분지

순간 멈칫했어
속사정에 요동치는 심장

사각사각 꽂히는 사각지대
두 손 꼬옥 모았지

훤히 보이는 것들
숨 쉬는 자들의 가치

껍데기?

나무에 매달린
사과를 바라본다.

파란색 바탕에 붉은색으로 덧칠하는 과정을 지켜본다.
푸름이 붉음과 조화를 이룰 때 껍데기는 껍데기로 거듭
난다.

껍데기!
알맹이는 껍질의 겉 사정을 상상이나 할까?
질병과 갖은 방역과 모진 풍파를 견디며
방독면의 징검다리를 건너온 시절

친구는
사과나무에서 사과를 딴다.
잽싼 손놀림에 사과는 부차적 존재로 다시 깨어난다.

알맹이만 있는 사과는 사과일까?
내동그라진 껍질은 껍데기일까?

그 누가 말했다.
껍데기는 가라고

알맹이만 남고?
가라고 껍데기?

뿔소라의 배신법

어시장에서
뿔소라를 사 왔다.
뜨거운 물에 삶았다.
그다음
최종의 물음표로 남을 때까지
꼬챙이로 창자를 끝까지 빼냈다.
흡입하고 있던 중 복부 한복판이
부풀기 시작했다. 갑자기 통증이 시작되고
숨이 막히면서 가슴이 답답했다.
다행히
두 발과 두 손을 찔러 피를 빼고
소정의 대가를 치른 후 소동은 끝났다.
나의 불찰에서 겪은 야기다.
중년이 되면서
차로의 교통 안내 지시를 건너뛰고 운행하다
범칙금을 낸 경험도 있다.
고의는 아니라도 네비가 열정껏 소리쳐도

　　　　　　　　　나에게 지금

무시한 채 마이웨이를 고집하다 낭패를 본 적도 있다.

오늘 일도 그렇다. 나의 불찰이 부른 자충수다.

마음으로 몸으로 '주의'를 외치던 소라

오늘도 나의 실수는

경우의 수를 눈감은 일이다.

아~ 짜릿한 희열

이른 아침
이슬비가 자르고 난 꼬리
외톨이로 남겨진 빗방울
파르르 떠는 얼굴 위로
챙하고 나타난 햇살!
파들작 놀란 얼굴
보석처럼
틔는 낯섦.

나에게 지금

아내

누가 나를 바라볼 자 있나요.
누가 감히 나를 토닥여 줄 이 있나요.
누가 나를 안아 줄 사람 있나요.

나는 아내의 그림자도 밟으면 안 된다는 걸 알아요.
하지만
나는 눈치가 없어요.
홀로 있는 친구를 보고야
고마움을 알고
아침나절 안식의 행복을,
홀로된 친구의 고백으로 알아요.

나는 눈치가 없어요.
처음 아내는 먼발치 나를 보고 돌아섰다가
마음 바꿔 돌아온 사람이거든요.

그런데 어쩌나요.

고백하건대

셈해 보니 정확히 41년 전

그녀를 처음 볼 때 그녀와 초면이 아니었어요.

만나기 전일 밤 꿈속에 다소곳한 모습으로 나를 바라

보는

초롱초롱한 눈망울의 그녀를 보았거든요.

깜짝 놀랐어요.

그녀의

빗어 내린 긴 머리

상의 차림 스웨터

정숙한 듯 절제된 몸짓

모두

무대를 오롯이 옮겨 놓은 듯한

몽환적인 충격을 받았지요.

그 인연으로

아내가 집을 비우면 허둥대며 찾고

나에게 지금

아내의 손이라도 닿을라 치면
가슴이 뛴답니다.

나는 참
철이 없어요.

마음

너는 지조 없이 나부끼는 깃발
혈 혼 찾아 나대는 하이에나
해를 쫓는 해바라기
바람결에 나부끼는 나비
잡힐 듯 잡힐 듯 잡히지 않는 모기
한낮 파고드는 졸음
실체를 보이지 않는 바람

다정한 아내
그릴 수 없는 그림
잡히지 않는 치욕

어항 속 금붕어

빗발이 촘촘히 가두어진 빗장
나의 공간은 어항으로 변했다.
하늘은 무지한
넓은 바다가 살기에
나의 공간을 어항으로 변하게 하는가
숨 쉬는 공간마저 내준 나의 처지는
하늘에서 바다가 밀려오던 날
아~ 나는 한 마리
어항 속의 고기다.
살랑살랑 꼬리를 흔들며
뽀끔 뻐끔 싱거운 몸짓으로
삶을 받아먹는
한계를 지어내는 물고기
이곳과 저곳의 눈금이
가볍게 느껴지는
비 오는 날 정오

존재의 가치 지금(只今)

눈을 뜬다.
아침이다.

그는
오늘의 초석
'지금'의 시발(始発) 머리에 서 있다.
가슴이 뻘떡뻘떡 뛴다
'존재'의 가치 푸름을 색칠하는 과정이다.

언제가 될지 모르는 종국의 순간까지
선을 향한 그의 선망은 쉼이 없다.

나에게 지금

모든 가치가 한곳으로 망라하는 이 시점
모든 만물이 하나 되어 소리치는 탄성(嘆声)

푸름을 전제한
존재의 가치
'지금'!